¡AQUÍ VIENE EL QUE SE PONCHA!

¡AQUÍ VIENE EL QUE ◆◆◆ SE PONCHA!

Leonard Kessler

Traducido por Tomás González

Harper Arco Iris
An Imprint of HarperCollins*Publishers*

Library of Congress Cataloging-in-Publication Data
Kessler, Leonard P., date
  [Here comes the strikeout.   Spanish]
  ¡Aquí viene el que se poncha! / Leonard Kessler ; traducido por Tomás
González.
      p.   cm. — (Ya sé leer)
  "Harper Arco Iris"
  Summary: Bobby changes from an "easy out" to a game-winning hitter with the
help of a friend and a lot of hard work.
  ISBN 0-06-025437-8. — ISBN 0-06-444189-X (pbk.)
  [1. Baseball—Fiction.   2. Spanish language materials.]   I. Title.   II. Series.
PZ73.K46   1995   94-13856
                                                                              CIP
                                                                               AC

          1   2   3   4   5   6   7   8   9   10
                                   ❖
                   First Spanish Edition, 1995.

PARA MIS FAVORITOS DEL MUNDO DEL
BÉISBOL DE AYER Y DE HOY:

Arky Vaughan

Pie Traynor

Paul Waner

Casey Stengel

Willie Mays

Mickey Mantle

Matt Nicholas Kessler

Benson Ansell

Jake Fishman

Sue Carr Hirschman

En la primavera

los pájaros cantan,

la hierba es verde

y los niños y las niñas

salen a jugar . . .

¡BÉISBOL!

Roberto también juega al béisbol.

Sabe correr rápidamente

entre las bases.

Sabe deslizarse.

Sabe atrapar la pelota.

Pero no puede

darle a la bola.

¡*Nunca* ha podido

batear la pelota!

—Veinte veces al bate

y veinte veces me he ponchado

—dijo Roberto—.

¡Qué mala racha!

—La próxima vez prueba con

mi bate de buena suerte

—dijo Guillermo.

Roberto le dio las gracias y dijo:

—Ojalá me ayude

a batear un sencillo.

Le tocaba batear a Roberto.

—¡Bú! —gritaba el equipo

contrario—.

Un *out* fácil. Un *out* fácil.

¡Aquí viene el que se poncha!

¡Ése nunca le da a la pelota!

—¡Tírale una bola rápida!

—gritaban.

Roberto esperaba frente al plato.

El primer lanzamiento

fue una bola rápida.

—¡*Strike uno!*

15

El segundo lanzamiento

fue una bola lenta.

Roberto trató de batearla,

pero falló.

—¡*Strike dos!*

—¡Pónchalo! —gritaban.

—Esta vez sí le doy

—dijo Roberto en voz baja.

Salió de la posición

de bateo y tocó el suelo

con el bate de buena suerte.

Entró de nuevo
en posición de batear
y esperó el lanzamiento.

Era una bola rápida

sobre el medio del plato.

Roberto trató de batear nuevamente.

—¡*STRIKE TRES!* ¡*OUT!*

El juego había terminado.

El equipo de Roberto había perdido.

—Fallé otra vez

—dijo Roberto—.

Veintiuna veces al bate

y veintiuna veces ponchado.

Toma tu bate, Guillermo.

A mí no me trajo suerte.

No había sido un buen día

para Roberto.

Dejó de coger

dos *flyballs*.

Una pelota se le salió

del guante,

y la otra cayó detrás de él.

Lo poncharon tres veces

y su equipo

perdió el juego.

Roberto regresó

a su casa, solo.

—¿Qué tal el juego?

—preguntó su madre.

—¡Ah! . . . bien —dijo Roberto.

—No te vendría mal

un buen baño ¿verdad?

—dijo su madre.

Y Roberto fue a bañarse.

Se sentó en la bañera

y se sintió muy infeliz.

—¡Veintiuna veces al bate

y veintiuna veces ponchado!

—dijo, y comenzó a llorar.

—¿Estás bien, Roberto?

—preguntó su madre.

—¡Sí!

—Entonces, ¿por qué lloras?

—No estoy llorando.

—Entonces, ¿qué te pasa?

—¡Ah! que lo único

que hago cuando juego béisbol

es poncharme.

Nadie me quiere

en el equipo

—dijo Roberto.

—Hasta escogen

a los niños pequeños

antes que a mí.

¡Siempre me dejan el último!

—dijo llorando—.

¡Cómo quisiera ser un buen bateador!

—Si quieres, puedes serlo

—dijo su madre—.

Eres un buen nadador.

Eres un buen corredor.

Si practicas mucho,

serás un buen bateador.

—Le pediré a Guillermo

que me ayude —dijo Roberto.

Él es un buen bateador.

—Así es —dijo su madre—.

A propósito,

¿te lavaste la cara y las orejas?

Al día siguiente

Roberto fue a ver a Guillermo.

—¡Seguro que te ayudaré!

Pero tienes que practicar

mucho todos los días

—dijo Guillermo—.

Ni cascos de buena suerte,

ni bates de buena suerte te ayudarán.

Sólo si practicas mucho lo lograrás.

—¡Trabajaré duro!

—dijo Roberto—.

Quiero llegar a ser un buen bateador.

—Primero hay

que escoger el bate.

Uno que no sea ni muy pesado,

ni muy liviano, ni muy largo.

El adecuado para ti.

—Sujetas

el bate así . . .

Mantienes

los pies así . . .

y mueves

el bate así, ¿ves?

Ahora, hazlo tú.

Roberto lo hizo

una y otra vez . . .

Y otra . . .

Y otra.

—Bien. Una vez más

—dijo Guillermo—.

—Tienes que mantener la vista

fija en la pelota.

Trata de que la bola

conecte con el bate.

No le des con demasiada fuerza.

Sólo trata de tocarla.

Guillermo lanzó la bola

y Roberto trató de darle

con mucha fuerza.

Con tanta fuerza,

que se cayó.

—*Strike uno*

—dijo Guillermo—.

Probemos otra vez,

pero trata de darle con suavidad.

Guillermo lanzó de nuevo.

Roberto movió el bate rápidamente,

y esta vez . . .

¡Bateó la pelota!

No la bateó muy lejos,

pero le dio.

—¡Buen batazo!

—dijo Guillermo—.

¡Le diste!

¡Le diste!

—¡LE DI A LA PELOTA!

¡LE DI A LA PELOTA!

—gritaba Roberto—.

¡LO PUEDO HACER!

¡PUEDO BATEAR LA PELOTA!

Roberto saltaba de contento.

—Inténtalo otra vez

—dijo Guillermo.

Y practicaron

todo ese día . . .

Y al día siguiente . . .

Y al otro.

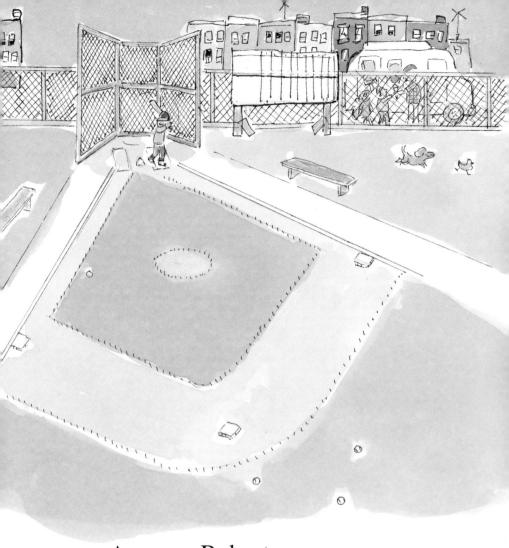

A veces Roberto

practicaba con Guillermo.

Otras veces,

se entrenaba solo.

39

Algunos días

lo hacía un poco mejor.

Otros, no lo hacía tan bien.

Tenía días buenos.

Tenía días malos.

Pero Roberto practicaba y practicaba.

—Espero poder batear un sencillo

algún día —decía.

—Seguro que lo lograrás

—le decía Guillermo—.

Batearás un sencillo,

ya verás.

Al día siguiente,

había un juego importante.

El equipo de Roberto

se llamaba los Tigres.

El equipo contrario, los Cachorros.

Cuando Roberto fue al bate,

se preparó como Guillermo

le había enseñado.

¡Estaba listo!

El primer lanzamiento fue un *strike*.

En el segundo, Roberto bateó

un pequeño *fly* al campocorto.

¡OUT!

—¡Pero le di! —dijo—.

Y la próxima vez

lo haré mejor.

En la segunda mitad

de la cuarta entrada

la puntuación era:

    Cachorros: Tres carreras

    Tigres: Tres carreras

Entonces Guillermo vino al bate

y conectó un batazo largo

al centro del campo.

—¡Jonrón, jonrón!

—gritó su equipo.

Pero en ese momento,

un perrito agarró la pelota

y tuvieron que interrumpir el juego

para perseguir al perrito

y recuperar la pelota.

Después de correr tanto,
los equipos tuvieron
que descansar un rato.
Fue una entrada larga.

En la última entrada

la puntuación continuaba igual:

Cachorros: Tres carreras

Tigres: Tres carreras

	1	2	3	4	5	6	C	H	E
CACHORROS	0	1	0	2	0	0			
TIGRES	0	0	3	0	0				

Era el último turno

al bate para los Tigres.

Tenían dos hombres *out*,

y un hombre en tercera base,

¿y a quién le tocaba batear?

50

A Roberto.

—¡Miren quién está al bate!

—gritaron los Cachorros—.

¡AQUÍ VIENE EL QUE SE PONCHA!

—Acérquense, que ése

no le da a la bola.

—¡Pónchalo!

Roberto tomó el bate y dijo:

—Yo puedo. Yo puedo . . .

Bateó y falló

—¡*Strike uno!*

—Acérquense más

—gritó el campocorto—.

La otra vez tuvo suerte,

pero con toda seguridad

no le dará a la pelota

de nuevo.

Roberto trató de batear.

—¡*Strike dos!*

—Uno más y se poncha.

El campocorto se reía.

Guillermo se acercó.

—Batea un sencillo, Roberto.

Sólo toca la bola.

¡Tú puedes hacerlo!

El lanzador le echó un vistazo

al corredor en tercera base

y miró a Roberto.

Roberto estaba listo.

Fue una bola rápida.

Roberto movió el bate y . . .

¡PAF!

¡ZAS!

La pelota se fue arriba, arriba,

por encima del campocorto,

y cayó en el césped.

Fue un sencillo.

—¡Corre, Roberto,

corre a primera base!

—gritaba Guillermo.

Roberto estaba inmóvil.

—¡Corre! ¡Corre! ¡Corre!

—gritaban los Tigres.

Cuando Roberto empezó a correr,

lo hizo rápidamente.

—¡SAFE!

El corredor en tercera

había anotado

la carrera decisiva.

El juego había terminado.

¡Los Tigres habían ganado!

—¡Buen batazo, Roberto!

—dijo Guillermo.

—¡Buen batazo!

—gritaron los Tigres.

—Veintitrés veces al bate,

veintiuna veces ponchado,

un *fly* corto

y UN SENCILLO

—dijo Roberto y le sonrió

a Guillermo.

Cuando regresó a su casa,

su madre le preguntó:

—¿Qué tal el juego?

Roberto se sonrió.

—Conecté un sencillo

y ganamos.

—¡Qué maravilla! —dijo su madre.

Hoy, cuando Roberto juega al béisbol

a veces se poncha, pero casi

siempre batea la pelota.

—¿Cómo haces? —le pregunta Mateo.

—¿Tienes un bate de buena suerte?

—le pregunta Silvia.

—No, —dice Roberto—.

Ni bates, ni cascos

de buena suerte te ayudarán.

Sólo entrenándote bien

lo lograrás.

Roberto y Guillermo se miraron
y se rieron.